Bodoni Druck 83

Galsan Tschinag

Jenseits des Schweigens

Gedichte

Waldgut

Inhaltsverzeichnis

Schicksalsspiel

Der Beutel des Schicksals
Gleicht wohl dem Blättermagen
Den du gerade
Vom glitschig-fauligen Füllsel
Zu säubern trachtest
Er hat uns in seinen pfiffigen Fältchen
Voreinander so lange
Versteckt gehalten und erst
Zu einer welken Stunde
Einander frei gegeben
Dich im Blick, die du
In der dämmerigen Hütte
Ergeben hockst und an dem
Dunstenden Zeug emsig zupfst
Wie am schlüpfrigen Saum der Rettung
Versuch ich zu wägen
Was unser vereintes Feuer
Ausmachte und ob es
Standhielte dem stürmisch
Einbrechenden Winter

Milchstraße

Die Milchstraße im Blick und
Die Mutter in Gedanken
Sende ich in alle Himmelsrichtungen
Wünsche hinaus
Hell, weich und warm

Fortsetzung
Einer unterbrochenen Tat

Morgen für Morgen trat
Die knupplige, wieselflinke Frau
Feierlich aufgerichtet und aufgeputzt
An die Weihrauchsäule
Den Melkeimer in der Linken und
Den dreizehnäugigen wacholderwurzelnen
Löffel in der Rechten
Und verspritzte die noch euterwarme Milch
Sonnen-, berg-, steppen- und flusswärts
Und begleitete den Schauer
Mit Schüttelreimen, die oft
Lang und heftig ausfielen

Abends sah man die Spuren dessen
Was morgens hier unten geschehen:
Die Milchstraße
Die immer ein wenig
Angeschwollen dahinfloss

Vorankündigung

Ich werde schon kommen
Hier aber schicke ich
Worte voraus
Den gestandenen Staub
Meines Geistes
Auf dass er
Das flüchtige Ei
Aus deinem Innerstnest
Seelenwarm träfe
Und es befruchtete
Denn soweit nun einmal
Gilt es für dich und mich
Auf unser Kind zu kommen
Und es möge sein
Wie Anderer Kinder auch
Herzrund und -warm
Nierenweich und -fest!

Dankesworte eines Bedrohten

Bald schwillt an
Bald flaut ab
Dein feuerhaltiger
Wasserscheuer Puls
Und schlägt für mich mit
Der ich hinter
Bergen und Steppen wohne
Und ich nehme's
Ob gepocht, ob gehaucht
Immer genau und dankbar
Auf mit allen meinen
Vom Begehren geschärften
Vom Verzichten geläuterten
Sinnen
Das Blut aus deinem Herzen
Rinnt durch meine Adern
Die sich bemühen, einen
Von Zerstörern allen Schlages
Längst umstellten Körper
Dem Untergang nicht
Freizugeben

Zeilen aus dem Himmel

Den Breitengrad spulen wir
An beiden Enden ab
Und eilen einander entgegen
Ich auf Flügeln
Du auf Rädern

Und der Platz, wo wir uns treffen
Wird irgendwo
Zwischen Himmel und Erde hängen
Dort eben, wo die reisemüden Träume
Vorerst landen

Werden wir, selber Träume
Von welchen Wesen auch immer
Niedergehend ausgehen?
Oder zu Einem vereinigt, uns
Erneut erheben, sternenwärts?

16.11.2003, im Himmel von Ulaanbaatar nach Berlin

An den Nomadenjungen, der lernen musste, mit Besteck zu essen

Dem Zeitflöz haue ich Batzen ab
Entblättre's in Jahre und Monate, zupfe
Am Schopf die Tage und Stunden herauf
Und der, der sie in die Grube gestampft, der Stein
Auf dem Wege zum Hügel, der rotbackige
Nomadenjunge, dämmert herauf, erwacht
Und steht, zitternd und schwitzend
Außenstehenden unsichtbar, neben mir

Ich Hügel
Längst näher dem Berg als dem Stein
Rage über ihn beschützend heraus
Ich Vater, Großvater
Meines Selbst, verweile in den
Guten Stuben und an den festlichen Tafeln
Der von mir eroberten Erdteile
Und weiß
Manch harte Schale aufzubrechen
Die Frucht herauszuschlagen
Und mich an deren süß-bitterem Fleisch
Zu berauschen

Ja, Junge
Der du schuldloser Schuldiger warst
Und Höllenleiden auszustehen hattest
Vor einer Welt, die dafür auch nichts konnte

Nun räche ich mich nachträglich
Für dich an dem Vernarbten
Indem ich alles auseinander bestecke
Eier, Kuchen und Pudding messere und gabele
Und lauthals verkünde meine Bereitschaft
Vor laufender Kamera mit eben den verlängerten
Blechfingern Nüsse zu knacken
Darauf aber lasse ich Hand und Mund
Arbeiten wie in der eigenen Jurte
Fasse hier an, reiße und beiße da
Und lecke und schlecke dort ab

Erschrick nicht, mein Kind
Da du es nicht durftest und schnell
Schief angeschaut worden wärst, Wilder
Ich nun darf es
Und es wird sogar Worte erzwingen
Die meinem Wert dienen
Ja-ja, so ist eben erschaffen
Die Welt, in die du hinauszogst
Und der du die Jugend
Als Lehrgeld abgabest in der
Schwindelnden Hoffnung, eines Tages
Doch König werden zu dürfen

Berlin – Bad Lippspringe 19.–22.11.2003

Morgensonne am 5. Dezember

Per Maria di Merano

Schön, wenn im Dezember
Über verschneiten Wäldern und Feldern
Die Sonne mal sommerlich aufblüht
Da und hier sich in Funken absplittert
Dann und wann zu Flammen ausbricht
Und ihr gesteigertes, geläutertes Licht
Entlang der Wege und Stege ergießt
Die du und ich
In lohendem Bewusstsein so vielen Lebens
Und so fester menschlicher Eintracht
Ab- und aufgewandert

Doppelt schön, zu wissen
Das Sonnenfeuer wird
Den taumeligen Zug zweier Fußpaare
Aufspüren und -spulen und sie
An ihren wehenden Flossen anzünden
Auf dass sich das zu Eis gebändigte Nass
Endlich aufbäumte
Zu hauchwarmem, tränenhellem Wasser
Zurückkehrte und
In die empfängnisfreudige Erde
Durchsickerte

Und am schönsten
Wenn an einem Maienmorgen
Ein Rehkind oder ein Menschenkitz

Randvoll ergriffen
Im Kelch seines jungen, scheuen Herzens
Vor dem Bewohner eines der Nester aus Fußstapfen
Dem himmelblauen Vergissmeinnicht
Stehen bliebe und
Sein erleuchteter Blick erkannte
Es ist eine der Gaben
Gewirkt und zurückgelassen von uns
Für alle belebte und beseelte Wesen
Und nun ist der Empfänger
Bei einer von ihnen eingetroffen

5.12.2003, EC Michelangelo, Bozen–München

Novembriges

Nebel drückt
    Regen nieselt
        Es novembert
Da und hier gebückte
    Baumähnliche Wesen, die
        Ölige und kohlige Tränen
Aus blicklosen Augen
    Unter schweren Wimpern
        weinen

Ich, mitnovembernd in den
  Innenlandschaften, weiß
    Woher die Blick- und Glücklosigkeit
Die Seelen sind abgerutscht
  Während die Leiber
    Zur Leistung verdammt
      In die Länge geprügelt wurden
Es dämmert und wuchert nun
  Gebilde neben Gebilde
    Und würgt über- und dickflüssige
      Schleimmassen aus sich heraus
Ich, der ich habe
  Meine Außenschicht glänzen lassen
    Um durch den Tag zu hasten
Darf mich da und dort
  An einem der Niedergedrückten
    Festhalten und ihm zuflüstern
Du hast es immer noch besser, Bruder
  Als manch ein Gehetzter
    In diesem Irrgarten des Scheins
Darfst dich zeigen
  Wie du bist
    Darfst weinen und musst
      Keine Rolle erfüllen

November 2002, 19./20.11.2003,
Hildesheim – Berlin – Hildesheim

Lageberricht

Die Brusthügel
Über die der Wind
Vieler Winter gestolpert
Schauen und wehen mich
Im Feuerschein
Der versinkenden Sonne
Mit der Schwere
Werdender Berge an

Aufschauernd
Eröffne ich mich und spüre
Ruhe in mir, umgeben
Von heller Kühle
Des Gletschergipfels im Rücken
Und erkenne die Lage

Ein Berg
Steh ich unerschütterlich
Im Kreuzsturm
Des Neides und der Gier
Und deren Missgeburt
Des blinden Hasses

Schaue
Irdisches Gebilde selber
Mit himmlischer Besonnenheit
Auf Steine, die herfliegen
Und vergesse nicht

Schmerzen zu erleiden
Wenn sie sich
An mir zerschlagen

Zagaan sar des Jahres der Roten Maus, 19.–25.2.1996;
7.1.2004 Ulaanbaatar

Lied des Igels

Lähmend
Die Kälte des Winters
Zähmend
Die Bürde des Alltages
Es klafft eine Schere
Und will zufallen
Dein Prinz
Mit dem Stammsitz
Am Altar des Glücks
Wird erzwungen
Aus der Haut des Kindes
In die eines Arbeitsochsen
Zu flüchten und
Darin sich einzuigeln
Der Igel wird bleiben
Bis du erscheinst
Und ihn erlöst
Frühling

Friedhof zu Altai

Die letzte Lärche
Zu Füßen des Adlerhorstes
Ist gefallen
Nun liegt auch dieses Seitental
Des Altai splitternackt im Weg
Der Sand- und Schneestürme
Und gleicht gänzlich
Einem Friedhof
Baumstümpfe
Ragen stumm heraus
Schattenhaft, Grabsteine

Bürde

Träne hat ihren Geschmack
Trauer ihren Blick
Abschied seine Sprache
Wissend
Wundgeätzte
Erblindete und
Verstummte neben mir
Weiß ich nicht
Was tun
Schwer bedrückt
Der unsichtbare Sack
Mit fremden Bürden
Die Schultern

Abschiedszeile

Wozu noch Worte?
Die Fäden sind längst
Durchgezogen
Nicht dir noch mir
Ist gegeben
Die Muster aus unseren
Da getrennten, hier vereinten
Wonnen und Schmerzen
Umzustricken
Der Teppich, einmal gestrickt
Möge bleiben, wie er ist
Dem Betttuch der Liebe
Reicht's zur Ehre
Zum Leichentuch
Der Trennung zu werden

Jener Frühherbsttag

Jenes flatternde Band
Von einem Frühherbsttag
Rosa gestreift am Anfang
Rot gesprenkelt am Ende
Blaugelbweiß in der Mitte
Und von Stund zu Stund
In einem reiferen Lichte
Des Sonnensturmes hinter
Den berstenden Wolken
Alle Weile ein neues
Anpackendes Geschenk

Du und ich saßen
Ineinandergekeilt, schweigend
Und so ließen wir Zeit
Unseren Sinnen, die waren
Bis an all ihre Enden erwacht
Und loderten hellwach
Angesichts des Gemäldes
Das sich selber malte
Und einfasste
In die lodernden Horizonte

Pilger

Zwei Pilger, jeder
Auf Suche nach sich selbst
Dem geahnten Unbekannten
Begegnen sich immer wieder
Auf halbem Weg

Jeder ist dem Anderen
Eine Luke nach dem Gesuchten
Der Ausblick kann sein
Beschaulich oder peinlich
Bewirkt die Entscheidung:
Eine gemeinsame Wegstrecke
Oder jeder pilgert allein weiter

Menschberg

Kleine, alte Frau
Großer, weiser Mensch
Verwittert und vererdet geht Ihr
Zwerg- und doch berghaft
Den wütenden Schneesturm
Der Wintersteppe gelassen an
Euer Gesicht ist eine Landschaft
Mit dunklen Furchen durchzogen
Und von immer noch leuchtenden
Erlebnissen gezeichnet
Eure Finger sind Wurzeln
Ausgewaschen und abgeschliffen
Und in Euerm Blick wohnt
Die Weisheit, sanft und klar
Dort, wo Ihr angekommen seid
Sind die Winde des Schicksals
Abgeklungen

Gewohnheit

Die Gewohnheit verfährt leise
Packt weich an und zieht fest zu
Zu spät, wenn du merkst
Sie hat die Zügel übernommen
Sinnlos, dich gegen sie
Auflehnen zu wollen, denn
Du bist längst eingemauert
In eine Nische ohne Ausgang
Oder stehst ausgemauert
Draußen vor deinem Geburtshaus
Ohne Eingang nun

Wiegenlied an Werdende

Wachse, Spross, wachse
Zu einer langen Lärche
Wisse aber
Der Sturm trifft immer
Den höchsten Baum im Wald

Wachse, Stein, wachse
Zum Hügel, zum Berg
Wisse aber
Da oben auf dem Gipfel
Hausen Kälte und Einsamkeit

Wachse, Kind, wachse
Zu einem starken Mann
Wisse aber
Die Stärke ist ständig
Von Neid und Hass begleitet

Jenseits des Schweigens

Jenseits des Schweigens
Dem wir lauschen
Wird eine Stimme klingen
Jenseits der Finsternis
Die uns umkreist
Wird ein Licht brennen
Jenseits der Fäulnis
Die uns zersetzt
Wird ein Körper keimen
Jenseits der Leere
Die uns füllt
Wird eine Seele schweben
Jenseits der Dumpfheit
Der wir erliegen
Wird ein Geist leuchten

Einer hat dieses Seiende
Gegen jegliches Ende
Und jenseits aller Nichtse
Gott genannt
Anderer hat nicht gewagt
Das mächtige Unbekannte
Mit einer selbstgefällten
Ungefähren Benennung
Zu belasten

Stacheln

Sei lieb zu dir
Hüte dich wenigstens
Vor deinen eigenen Stacheln
Gibt es nicht
Ohnehin genug solcher
Die darauf gieren
Dich zu verletzen?

Worte

Wir reden zu viel
Schweigen zu wenig
Niederhagelnde Worte
Spritzen auseinander
Auf Suche nach Rillen
Und finden hin und wieder
Auch ein Bett
Durch das sich darauf
Rauschend und schäumend
Ein Bach zwingt
Der aber braucht
Einen schweigenden See
In den er münden darf

Berge und Sterne

Die Nacht nistet sich
In den kuscheligen Abdruck
Des erloschenen Tages ein
Die Berge und die Sterne
Gleich nah und gleich sanft
Bescheinen und behauchen dich
Mit ihrem lodernden
Unverwischbaren Gedächtnis
Und du, klopfendes Teilchen
Des brodelnden Ganzen
Reitest auf dem Pfeil der Zeit
Von morgen zu gestern
Bleibst in heute und bekörperst
Beseelst und begeistest es
Wachsend dabei selber
Stäubchen um Stäubchen
Zum Berg, zum Stern

Morgengruß in alle Winde

Sei gegrüßt, Mensch, der du
Nebenan wohnst oder hinter Bergen
Und Steppen und Flüssen und Seen
Gleich, wo du steckst, wer du bist

Welche Haar- und Hautfarbe du hast
Ob du mich kennst oder nicht –
Sei gegrüßt

Ein neuer Morgen zieht herauf
Möglich, es ist bei dir
Noch nicht so weit, und du ruhest
Von Dunkelheit umfangen, doch
Der lichte Bote des Lebenstages
Ist längst unterwegs zu dir und
So wird er auch bei dir ankommen
Ein weiteres Geschenk

Aber auch wir sind dem Ankömmling
Oder dem, der ihn gezeugt, geprägt
Und herübergesandt, Geschenke:
Jeder eine brennende Fackel
Eine Tracht Leben, Warten, Dankbarkeit
Entlang der Wegstrecke
Die ohne uns, ohne alle und alles
So sinn- und trostlos wäre

Der anbrechende Tag kann alles sein
Eine hochträchtige Hündin
Zum Beispiel. Dann wird er uns
Welpen vor die Nase setzen
So an die Zwölflinge. Es liegt
An dir und mir, ob wir jeden ihrer
In Empfang zu nehmen wissen
Und vor allem
Wie wir sie aufziehen: Zu Hunden?
Zu Kötern? Zu Monstern?

Die Meinen werden zu Hirtenhunden
Das Himmelszelt zur Hütte
Mitwetternd und witternd im Wind
Selber auch Winde, Sturmwinde
Im Weg jeglichen Wolfes
Friedlich sonst, aber nicht zahm

Du wirst aus den deinigen ziehen
Wonach dir die Sinne stehen: Schoß- oder
Hofhunde. Oder Kampfhunde. Ja, solche
Mit gestülpten Lefzen, bleckenden Zähnen
Und eisig-mordgierigem Blick, o je!
Sie werden nicht wegen Wölfen gehalten
Ich weiß. Und bitte dich dennoch
Keinen von ihnen auf mich loszulassen
Auch auf kein anderes Menschenkind

Ich bitte dich im Namen der Urmutter
Die vielleicht auch eine Hündin gewesen
Und ihre Welpen, deine und meine Vorfahren
Dahin und dorthin gesetzt. Oder ein Gras
Dessen Samen vom Wind über die Erde geweht
Ich habe immer Angst vor dem Kampfhund
Gleich, wo er ist. Und habe nimmer Angst
Vor dir, Mensch, wo du wohnst, wer du bist
Und welche Haar- und Hautfarbe du hast

Der schwarze See

Lande ich endlich wieder
Auf deinem steinigen Ufer
Empfängst du mich
Wie in der lichten Urstunde
Meines kleinen Daseins
Immer noch so mütterlich
Muttermutter
Hältst mir aufgeschlossen
Den weichen Schoß, der mich
Ach, so behutsam gewiegt

Weht mich Blättchen
Der Wirbelwind des Lebens
Vom neuen fort
Folgst du mir so kindhaft
Kindskind, flutest
In meine brennende Brust
Und den Brand ausgelöscht
Ziehst dich zurück
In die Nische, freigeworden
Von einer flüchtigen Träne

Wiege der Weisheiten

Kahl, karg und kalt mag
Die blaubunte Bergsteppe
Auf den ersten Blick
Erscheinen

Ist aber
Die duftende, dampfende Wiege
In der sand- und gräserzählig
Leben pocht und klopft
Im Wettlauf mit dem Tod
Dem nicht gegeben zu ruhen
Ist das große Buch
Das die Geschichte umfasst
Mit ihren vielen Legenden
Die schlafen
Und Weisheiten
Die wachen

Pilger

Tagaus tagein
Jahraus jahrein
Geschäftig
Daherkrabbelnd
Und dahinkugelnd
Bin ich, Mensch
Ein Pilger
Nach mir selber
Nicht edler als
Das Schaf
Auch nicht geringer
Als Gott
Schäle mich einwärts
Fortwährend ab
Betrete Schwellen
Ebene Horizonte ein
Und rücke immer näher
An den dumpf tosenden Ozean
Aus sanfter, lichter Dunkelheit

Trunk

Der Becher, aus dem
Du mich trinkst
Ist derselbe, in dem
Du dich mir ausgeschenkt
Wir ergießen uns
Mundweise ineinander
Zwei Bäche, entschlossen
Einen Fluss zu ergeben
Der weit flösse und
Eh er, ermüdet, wieder
In den Mutterschoß schlüpfte
Das Lebenswasser gebäre
Die heiligen drei Tropfen:
Den ersten als Tau
Im Blütenkelch
Einer erwachenden Rose
Den nächsten als Träne
Auf dem Lid
Eines brechenden Auges
Und den letzten als Zugabe
Für das Weltenmeer

Weganleitung

Für Mielchen

Die Schwarzen Berge
Haben ein liebes Gemüt

Und helles Gedächtnis
Durchwandere sie
Und bleib wach
Sie werden dir erzählen
Von dem Jungen, der
Innerhalb von drei Wintern
Die Schwelle der Jurte
Hinter dem blauen Sattel
Zweimal betrat

Zuerst, außen gespalten, und
Da es so nicht ging
Wieder gehen durfte
Später, innen gespalten, und
So erneut in Bedrängnis

Ins Versteck musste
Eingesperrt in einen Fellfetzen
Gedeihen konnte
Und ich war

Dir werden erzählen
Die rissigen, verkohlten Steine
Von Kälte und Hitze
Und die zittrigen Pfade
Von Feldzügen des Recken
Eines selbstgewobenen Epos
Und die Felsen und Gräser
Werden dir vortragen
Schleimige Gesänge
Eines Schamanen und
Staksige Verse eines Dichters

Kistenmieter

Leergewischt das Gedächtnis
Ohne gestern, ohne heute
Hausen wir gestundet
In Richtung morgen
In Steckfächern
Einer Kiste
Mieter
Vertraglich
Verpflichtet, für
Jede Magenfüllung
Jede Sinnesbetäubung
Gleich und bar zu zahlen
Mit dröhnendem Herzschlag

Aber die Steppe hat Gräser

Für Benjamin

Gewiss ist es hier kahl
Und bis zum nächsten Wald
Musst du noch zwei Tage
Reiten oder drei
Aber die Steppe hat Gräser
Die auch gesehen, beachtet
Und erkannt sein möchten
Und die noch älter sind
Als die Bäume
Keinen Ehrgeiz verraten
Für kleine Bäume
Gehalten zu werden
Gräser sind
Ein langlebiges Volk
Einst vielleicht doch
Die Baumkindheit gewesen
Mittlerweile ausgereift
Zur Weisheit. Sie wissen
Kein Gras muss zum Baum
Wachsen, so wie kein Baum
Zum Gras verkümmert
Gras ist Gras
Baum ist Baum
Ein jedes wächst
Zu sich selbst und
Gegen das Wuchern
Wächst ein- und auswärts

Gräser schauen, hören zu
Mach, rede keinen Unsinn
Bleibe, wo du bist und
Greife zu. Überall ist
Weisheit, durchzogen
Mit Schönheit

Bei Sonnenuntergang

Auf den Brusthügeln liegt
Der dunstig rote Widerschein
Der untergehenden Sonne
Nicht Tag noch Abend
Die seidige Grenze
Quer durch den Zeitfluss
Die Brücke, auf der ich
Vom Ufer der Pflicht
Zum Ufer des Rechts
Wechsle und wahrnehme
Über manchem der Hügel
Einen *Owoo**, warzenrund
Und lohend fast vor Röte
Prall die Muskeln
Und straff die Sehnen
Lebe ich, randvoll mit dir

* Steinhaufen, meistens auf Gebirgspässen, geopfert dem Ortsgeist

Winterliche Nähe

Die Erdrisse und -falten
Mit Schnee gekittet
Und wehendes, bläuliches Licht
Gegen den Himmel sprühend
Zaubert der Winter Nähe herbei
Bis auf Wasser, das
Trennt und verwässert
Zieht sich alles zusammen
Die Herden
Die Erdkugel
Und unsere Ehe
Wir dürfen uns jeden Tag und
Jede Nacht aneinander wärmen
Haut an Haut fühlen, dass jede
Die Sprache der anderen
Mit der eigenen erwidert
Und zwei müde Selbstgespräche
Endlich wieder
In eine Zwiesprache münden

Zu Zeiten der Niederlage

Zu Zeiten der Niederlage
Beutelst du dich
Menschenkind, zu einem
Bodenlosen Gefäß aus
Allzu bereit
Zum Aufnehmen
Jeglichen Sud
So auch
Zum Ausschenken
Deine verflüssigte Seele
Aufgestülpt
Begegnest du jedem
Ohne Unterschied
Trägst gesenkten Hauptes
Deine Blöße umher
Im Abwind
Der knallenden Ruten, aber
Wissend immer
Kein Dank erwartet dich

Die namenlose Achtelstunde

Die namenlose Achtelstunde
Zwischen Tag und Tau
Ein Licht, milchig und zittrig
Nebelt die Bergsteppe ein
Weh und wund entlang und quer
Des Brustkorbes, denke ich
An die abgehende Nacht
Die Worte, die sich nimmer
Mehr einfangen lassen
Und die verfehlte Zärtlichkeit
Kaum es gedacht, sehe ich
Das Licht verblassen und
Versäuert, zu einem
Klumpigen Brei erstarren

Im Rauch lebt, sterbend, das Feuer

Im Rauch lebt, sterbend, das Feuer
Ich weiß, wer in dir einmal gesteckt
Krummer, grauer Mann
So manchen Sommerabend
Preschtest du durch die Steppe
Wohl im Glauben, du könntest
Den Tag einholen
Und den Berg versetzen
Der dir die Sonne versperrte
Kurz war dir darauf die Nacht
Und lang der Tag dann
Dabei warst du
In manch zahnlosem Mund
Der unzulängliche Name der Jugend
Hieltest dafür aber
Die flüchtige, runde Erde
Mit an der Achse fest

Unterwegs zu euch

Für Anni und Wilfried G.

Unterwegs zu euch
Wusste ich in mir
Türen aufgehen
Hinter welchen
Eine Landschaft
Nach der andern sich
Gegen den Himmel
Wölbte und glänzte
Wache, stolze Augen

Unterwegs zu euch
War ich unendlich
Schloss Welten ein
Deren zerstörerische Wucht
Abgefangen und
Umgezähmt zur Milde
Von der Kraft, die mich
In dieser winternächtlichen Stund
Über Länder und Städte
Zu euch jagte

28.10.1995, Kreuztal, im Guderhaus

Mitbringsel

Der blauende Tag
Über den Baumwipfeln
Ist die Straße, die sich
Von dir zu mir schwingt
Die schwindenden Sterne
Geben sie uns
Ein letztes Mal frei
Der Eilzug wird
Pünktlich ankommen
Und du wirst
Mir entgegenrennen
Noch bevor ich
Das Ende des Gleises
Erreiche
Alles wird schnell gehen
Nur du
Wirst nicht gleich
Erkennen
Was ich dir bringe:
Den Abschied

23.10.1996, Dresden–Bühlau

Du bist in mir

Du bist, wie du bist
In mir
Sitzt unentrinnbar
Im Schlund
Des Gedächtnisses
Drehst dich, eine Spindel
Spulst immer neues Garn
Für eine endlose Stickerei
Ein und aus
Wucherst du in mir
Webst mich um
Im Wettlauf mit dem Gras
Das die Erde
Außen durchsticht
Und innen verspinnt

Unentrinnbar

Wohlverwahrt
Liegen meine Wurzeln
Dort, wo sich
Die Fäden der Sonne
Und des Windes
Zu einem Paar
Schwingender, tönender Saiten
Spannen

Bin unentrinnbar verstrickt
Mit jedem und allem
Was baumgerade über der Erde
Wacht und pocht
Und baumquer in der Erde
Ruht und brütet und so
Am Dasein des Alls

Weiterwebt
Umschlungen
Von meinem Urselbst
Bin ich
Ast zum Stamm
Fels zum Berg
Unterwegs
Und werde mich
An einer Wegbiegung
Wieder abschälen
Zum Stein, zum Blatt

Komm und brenne

Was dämmerst du
Unangezündet, kleine Kerze
In der Nebelstunde
Einer verlöschenden Zeit?

Der Abend kann
Nicht besser werden als der Tag
Die Nacht ist die letzte
Wer weiß

Ich bin länger hier als du
Habe viele Herbste
Ergrauen sehen
Bis ich zuletzt selber
Auch ergraute

Tritt in mich ein
Wir wollen ineinander schüren
Nach Glut unter der Zeitasche
Vielleicht gelingt es uns
An unseren kleinen Feuern
Einander zu erwärmen
Möchte ausbrennen
Bevor das große Feuer ausbricht

12.11.1995 EC 64 Wien–Salzburg,
15.1.1998 Dünnershaus

Deine Nähe

Deine Nähe hat
Breschen
In mich eingeschlagen
Stehe nun
Lichtüberflutet da
Du bist
Der neue Name
Für den Traum
An dem ich
Immer von vorne
So oft gewebt

29.10.1995 in einem fremden Hause, bei einer
Geburtstagsfeier – wessen?
15.1.1998, Dünnershaus

Ich

Sitz ich auf dem Berg
Bin ich Stein
Ruhe

Geh ich in der Steppe
Bin ich Gras
Wachse

Steh ich am Fluss
Bin ich Wasser
Fließe

Lieg ich im Wald
Bin ich Baum
Rausche

Heimkehr

Die Sehnsucht
Die ich nicht beweisen kann
Ist meine Entschuldigung
Ich habe sie herübergetragen, sorgfältig
Wie eine randvolle Schale

Wo aber ist die Hand
Die sie mir abnimmt?
Wo der Mund, der daraus trinkt?

Und wo der heilende Fleck Muttererde
Worauf ich meine brennenden Sohlen
Wieder setzen darf?

Ein fremdes Volk geht an mir vorbei
Der Sturm der Zeit hat sie
Ausgepeitscht und angeschlagen
Am Rand und Boden

Ich bleibe zurück und
Schau ihm ohne Sehnsucht und Mitleid nach
Wir sind einander entwachsen

Bodoni Druck 83

Galsan Tschinag
Jenseits des Schweigens

Gestaltung und Handpressendruck
Atelier Bodoni Frauenfeld
Satz aus der Sabon-Antiqua und der halbfetten Helvetica
vom Typorama Bischofszell

ISBN 3-03740-351-9
978-3-03740-351-8

Waldgut Verlag
Industriestraße 23
CH-8500 Frauenfeld
www.waldgut.ch

1. Auflage 500 Exemplare, nummeriert und vom
Gestalter und Drucker signiert

Dies ist Nummer

236

